LE
BOUQUET
DU CLERGÉ,

Présenté à Nosseigneurs après l'inaugura-
tion des Etats généraux de 1789.

———

1789.

LE
BOUQUET
DU CLERGÉ.

Q UEL patriotifme m'infpire
Et vient s'emparer de mes fens !
C'eſt ce dieu qui monte ma lyre,
Oui, c'eſt lui qui dicte mes chants.
Loin d'ici tout être profane :
De la France je fuis l'organe.
Quel eſt cet Envoyé des cieux !...
Peuple & Puiſſans, faites filence ;
Le voilà vers moi qui s'avance,
C'eſt Louis (1) qui parle en ces lieux.

Quand la patrie eſt en fouffrances,
Chacun eſt occupé de foi....
Et dans l'ouragan de fes tranfes,

A

Chaque ordre veut donner la loi
Ici des cris, des remontrances ;
Là, le défordre des finances ;
Plus loin , des ufages , des droits.
Quels font ces enfans facrileges
Pour difputer de privileges,
Quand la patrie eft aux abois.

Tout François eft un être libre (2) ,
Mais qui s'eft foumis à des lois,
Des lois dont le jufte équilibre
Balance le pouvoir des Rois.
En vain la lâche complaifance
Vante aux Rois leur indépendance ;
Ils font nés les premiers fujets :
Sujets des lois dont la juftice
Impartiale & fans caprice
Met le pâtre au niveau des Rois.

Fils de la fombre tyrannie ,
Loin d'ici les droits féodaux ,
Dont la flétriffante manie
Affervit l'homme aux animaux.
Le puiffant Maître du tonnerre
Le créa-t-il Roi de la terre

Pour craindre les fauves des bois ?
S'il tient de Dieu fon diadême (3),
Les droits de fon pouvoir fuprême
Excedent le pouvoir des Rois.

O cultivateur débonnaire !
Verrons-nous toujours tes guerêts
En proie à la dent meurtriere.
Des hôtes fougueux des forêts ;
Et ton bras , malgré leurs vacarmes,
N'ofer jamais prendre les armes
Pour détruire de tels fléaux ?
Sors enfin de ton efclavage,
En dépit d'un abfurde ufage.
Sois toujours roi des animaux.

Quel cortege vois-je paroître !
Quel luxe il étale à mes yeux !....
Non : Je ne puis les reconnoître.
Quels font ces hommes radieux ?
Pourquoi tant de mitres , de croffes
Semés fur de brillans carroffes ?
A qui ces courfiers orgueilleux,
Ces laquais à grand étalage ,
Ce bruit , ce fracas, ce tapage?...
A des Prélats ambitieux.

A 3

Defcends, Prélat, devant ton maître (4),
Defcends de ton char faftueux;
C'eft à pied que tu dois paroître
A fes regards majeftueux.
Enivré d'orgueil & de titre,
Crois-tu, par le fafte & la mitre,
Nous retracer l'apoftolat ?
Quand l'Etat eft dans l'indigence,
Dois-tu nager dans l'opulence
Et l'infulter par ton éclat ?

On nourriroit deux cens apôtres
De ta dépenfe en fuperflus :
Deftinés aux befoins des autres,
Sont-ils à toi ces revenus (5) ?
Pauvre au milieu de fes richeffes,
Quand l'Etat te fit des largeffes,
Ce fut moins un don qu'un dépôt.
Entiché de prérogatives
Et d'immunités abufives,
Pourquoi te croire exempt d'impôt (6)?

Jadis au gré de fes caprices (7)
Le Clergé fe forgea des droits.
Ces droits font autant d'injuftices

Que doivent abolir les lois.
Poſſeſſeur d'un tiers de la France (8) ,
S'il ſut, dans des temps d'ignorance,
Se faire croire exempt d'octrois ;
Sous le nom de l'être ſuprême,
Voilant ſon avarice extrême,
Il ſut en impoſer aux Rois.

Si du Vatican les ſyſtêmes
choquoient aujourd'hui la raiſon ,
Les foudres de ſes anathêmes
Ne produiroient plus qu'un vain ſon ;
Mais hélas ! que de carnage (9) ,
De dominer l'aveugle rage
Suſcita pour le temporel !
Que de ſang , que de tyrannie
Pour enfanter cette harmonie
Qui borne le prêtre à l'autel !

Que de fourbes, que d'hypocrites
J'apperçois parmi les Prélats !
Dans les élèves des Jéſuites,
On ne trouve que ſcélérats.
Là je vois un monſtre farouche
Vomir à grands flots de ſa bouche,
Le crime & le mépris des loix,

A 4

Endoctrinant le parricide ;
Aiguiser le fer régicide (10)
Pour en percer le cœur des Rois.

En proie à ses fureurs lubriques ;
Un autre entretient à grands frais
De brillans laquais socratiques ,
Pour boire au gré de ses souhaits
Dans cette coupe abominable ,
Qui, sur une ville exécrable
Fit pleuvoir une mer de feux.
A Rome , pêtri d'égoïsme
Un apôtre de l'athéïsme ,
Roule dans un char orgueilleux.

Compromettant sa souveraine ,
Par ses sacrileges travers ,
Quel est cet autre énergumene
Que je vois sortir des enfers !....
Ciel ! des quatre coins de la France ,
J'apperçois aussi la vengeance
Allumer ses tristes flambeaux !
Furieux , tout un peuple crie ,
Veut immoler à la patrie
La source impure de ses maux (11).

Dans son imbécille insolence,
Celui-là porte ses regards
Et sa brutale effervescence
Jusqu'à la couche des Césars.
LOUIS, pour éclairer ce crime,
Livre à son sénat la victime.
Qu'en résulte-t-il ? un arrêt......
Mais, quel arrêt abominable (12)!
Pour sauver un prélat coupable
Il le fait passer pour benêt !

Envain le Clergé qui nous reste
Se dit la tribut de LEVI,
Si son avidité funeste
Ne rend le bien qu'il a ravi,
Des mains de l'antique noblesse,
Qui, dans sa grossiere rudesse,
Sur la foi des Clercs érudits,
Croyoit, en fondant des chapitres,
Les comblant de biens & de titres,
Etre seigneur en Paradis (13).

Ah! faut-il que le peuple sue
Pour tant de Moines fainéans.
Jusques à quand, vile sang-sue,
Prétends-tu vivre à nos dépens ?

Se fait-on gueux pour être riche (14)?...
N'est-il plus de terres en friche
Pour employer ces fiers à bras,
Ces nourrisons de la molleffe,
Qu'ont-ils pour mere ? la pareffe,
La mere de tous les scélérats (15).

Tout individu, Moine ou Prêtre,
N'importe quel qu'il soit aujourd'hui,
Par esprit d'état est un être
Qui ne s'occupe que de lui.
France, d'où te viens cette ivreffe,
Et pourquoi livrer ta jeuneffe
Aux soins de ces individus ?
Crois que pour former un bon pere,
Un vrai citoyen, un bon frere,
Il faut en avoir les vertus.

Contre les vœux de la nature
Pourquoi tant de vœux indiscrets.
Dans sa marche uniforme & pure
Peut-elle approuver des excès ?
Quoi ! sous les verroux & les grilles
Forcer des millions de filles
A périr au feu des regrets (17) !
Funestes enfans du délire,

Ces vœux, qui font leur martyre,
Aux yeux du ciel font des forfaits !

France, pour que tes fanctuaires,
Tes temples & tes divins autels
Ne foient plus enfin les repaires
Des brigands & des criminels,
Vomis de ton fein tous les moines,
Abbés, prébendiers & chanoines (18) :
Pour corriger tous les abus,
Mets à tes gages tous tes prêtres,
Que d'aucuns fonds ils ne foient maîtres,
Ils en auront plus de vertus.

NOTES.

(1) SAINT-LOUIS.

(2) *Tout François est*, &c. Personne ne révoque en doute cette vérité ; mais quelle doit être la liberté de la nation françoise ? on fait semblant de l'ignorer. Si l'on en croit des hommes vendus, elle est absolument dépendante du Roi, seul & unique législateur de la monarchie. Parler ainsi, c'est vouloir consacrer les abus d'aujourd'hui, & faire du monarque un despote. Je ne vois pas en effet de différence entre faire brusquement ses volontés, ou prendre quelques formalités pour les exécuter. Le Sultan envoie le fatal cordon ; un Roi de France vous séquestre à la Bastille avec ou sans formalités. L'un & l'autre sent également le despotisme. La liberté de la nation ne peut & ne doit donc pas dépendre du Roi, comme unique & seul législateur. Pour s'en convaincre, il suffit de savoir qu'une monarchie est un état gouverné par un seul, sous l'autorité des loix. Donc il ne dépend pas du Roi d'innover, d'abolir des loix

auxquelles il eſt ſoumis ; donc il n'y a que la nation qui puiſſe créer des loix qui reçoivent leur
ſanction du Monarque.

(3) *S'il tient* , &c. Ouvrez la Geneſe , vous
verrez que tous les animaux ont été créés pour
l'homme , & que le créateur ne mit pas de reſ-
triction dans ſon empire. L'abrutiſſement des
peuples , la tyrannie des grands , firent naître la
féodalité & les droits de chaſſe , &c., dans des
temps d'anarchie. Il y a long-temps , me dira un
gentilhomme , que mes ancêtres ſont en poſſeſ-
ſion d'envoyer aux galeres quiconque oſe tirer
ſur les pigeons , lors même qu'ils dévaſtent ſon
champ ; j'ai pour titres des ſiecles. N'importe ,
M. le gentilhomme , les antiques parchemins &
les temps n'y font rien. Les droits de votre vaſ-
ſal ſur des pigeons, ſont immovibles, il les tient
de Dieu ; on ne preſcrit point contre ces droits
là. Mais les vôtres ſont chimériques.

(4) *Deſcends , prélat* , &c. Si les reſpectables
prélats de la primitive égliſe paroiſſoient un mo-
ment ſur terre , que diroient-ils , que penſeroient-
ils , en voyant le faſte , l'orgueil de leurs ſucceſ-
ſeurs. Ils gémiroient , & leur feroient voir la
ſimplicité de leur chef, Jeſus-Chriſt, qui, dans

un jour de cérémonie, se contenta de monter sur
une ânesse ; puis passant des gémissemens à l'in-
dignation, ils chasseroient de tels successeurs ; &
moi, pour consoler ces bons vieillards, je leur
dirois :

Jadis dans notre sainte église,
Evêque d'or, crosse de bois :
Nous avons changé la devise :
Crosse d'or, évêque de bois.

(5) *Sont-ils à toi*, &c. Depuis l'époque de
l'opulence du clergé, si un de nos Rois s'est avisé
de vouloir le faire contribuer, il a toujours dit
que ses revenus étoient le patrimoine des pauvres
& que Dieu défendoit de l'aliéner en aucune
maniere. C'est là réponse que firent les chanoine
de Reims à Philippe-Auguste, & que le Clergé
depuis a fait à bien d'autres ; c'est encore aujourd'hui le sentiment de la plupart d'entr'eux
D'après cela, si l'on n'étoit témoin du contraire
on croiroit que ces messieurs ne se réservent
que le simple nécessaire, & dispensent équi-
tablement le reste aux nécessiteux. Les fille
de l'Opéra, comme membres de Jesus-Christ
ne laissent pas d'en avoir une bonne partie, &c
&c. Ceux mêmes qui passent pour aumôniers, n

le font pas, où le font d'une maniere barbare.
Dans les Abbayes, on donne du pain aux pauvres
deux fois la femaine, plus ou moins. Le malheureux eft obligé de perdre fa matinée, de fe
morfondre l'hiver à la porte, pour avoir un
pain d'une ou deux livres. Loin d'être une au-
mône, c'eft une cruauté. 1°. Si le pauvre eft
laborieux, vous lui faites perdre fa matinée, &
conféquemment vous lui faites acheter ce pain
par fon temps, il ne vous doit plus rien; 2°. le
malheureux eft plus fenfible que tout autre, un
rien le bleffe & l'offufque : l'homme qui a des
fentimens (il s'en trouve beaucoup dans la claffe
des pauvres), eft donc obligé d'avaler l'ignomi-
nie & l'angoiffe de fa fituation, cent fois par an
à votre porte. Ne feroit-il pas plus fage de donner un coin de terre à faire valoir à un malheureux; il travailleroit avec courage pour fe fuf-
fire, & quelque petit que fût fon champ, il en
auroit encore de fuperflu.

(7) *Jadis au gré*, &c. La grandeur & les droits
du clergé remontent jufqu'au commencement de
la feconde race de nos Rois. Pepin eut befoin des
évêques pour fe gagner les efprits; il fe les at-
tacha en leur accordant des privileges, des bé-
néfices, des terres; fon fils Charlemagne fuivit

les mêmes erremens ; mais l'un & l'autre le firent fans qu'il en réfultât aucun préjudice ni pour l'état, ni pour le monarque. Louis-le-Débonnaire voulut marcher fur leurs traces ; mais comme il n'avoit ni la capacité, ni la fermeté d'aucun des deux, le Clergé prit fon effor, méprifa le fouverain, finit par lui impofer une pénitence publique, & le fuftiger à la porte d'une églife. Les chofes allerent de mal en pis fous fes fucceffeurs ; les évêques fe crurent plus que les rois, les papes s'arrogerent le droit de les dépofer : delà cette foule de droits, d'immunités, de prérogatives que le Clergé s'arrogea.

(1) *Poffeffeur d'un tiers de la France.* Le Clergé poffede toutes les dîmes du royaume : comme dans prefque tous les pays on dîme à la dixieme, & que d'ailleurs fi dans une contrée on dîme à la treizieme, dans une autre on dîme à la huitieme, prenant un terme commun, il s'enfuit que la dîme du clergé eft réellement la dixieme partie des biens-fonds. Mais comme il perçoit la dîme fans avoir aucun rifque à courir, fans frais & fans main-d'œuvre, je crois que c'eft être bien modéré de dire que la dîme eft un fixieme des biens fonds. Le Clergé poffede d'ailleurs des ter-

res

res , des forêts, des pâturages immenses. Ce n'est pas exagérer de dire qu'il possede un sixieme des propriétés. Or, un sixieme pour les dîmes , & un sixieme en propriétés , égalent deux sixiemes, & deux sixiemes égalent un tiers.

(9) *Mais de mon temps*, &c. Louis IX vivoit dans un temps où la grandeur & le faste des prétentions du Clergé se soutenoient encore avec éclat. Mais malgré l'opinion de son siecle & sa conscience timorée , il sut toujours maintenir son clergé dans les bornes du devoir, & forcer le Pape à avoir pour lui les égards dus à une tête couronnée. Dans des temps éclairés, il eût été un Roi philosophe.

(10) *Aiguiser le fer*, &c. Il existe encore de la part des Jésuites , des cahiers imprimés qui prêchent le régicide ; & ces cahiers abominables du tems de cette société se professoient publiquement dans plusieurs diocèses, du consentement & de l'approbation des évêques.

(11) La mémoire des fatales journées de 1788 est trop récente pour avoir besoin d'explication.

(12) *Quel arrêt* , &c. Le parlement fut ti-

B

mide & se déshonora, &c. L'affaire du collier
est une espece de labyrinthe ; le parlement avoit
le fil pour en sortir ; il ne l'a point fait, & par-là
a mécontenté les esprits, & s'est fait des ennemis
puissans.

(13) *Etre seigneur*, &c. A partir du siecle de
fer jusqu'au quatorzieme siecle, le nombre des
fondations, des couvens, des chapitres, d'abbayes qui s'éleverent, est incroyable ; mais les
excroqueries , les usurpations , les fraudes du
clergé font innombrables. C'étoit un crime de
leze-majesté divine de mourir intestat, c'est-à-
dire , sans avoir donné tout ou partie de son
bien à l'église. Le Clergé , entre les mains de qui
seul restoit le peu d'érudition & de lumiere qu'il
y avoit en Europe, abusoit de la crédulité de
nos bons aïeux : on leur faisoit accroire qu'ils
auroient en paradis autant de terrein qu'ils en
donneroient à l'église ici bas. Bernard employa
plusieurs fois son éloquence pour de pareilles
équipées.

(14) *Se fait-on gueux* . &c. Les vœux que pro-
nonce un moine , & la vie qu'il mene, font une
contradiction manifeste & révoltante. Je ne fouil-
lerai pas dans l'intérieur de ces maisons, je veux

même, & je souhaite de bonne foi, que les abo-
minations qu'on leur reproche, ne soient que des
calomnies ; je ne parle ici que de leur vœu de
pauvreté. Les individus qui font de tels vœux,
ne savent-ils pas qu'ils entrent dans des maisons
immensément riches, où ils auront tout en abon-
dance, & sans avoir rien autre chose à faire que
de chanter ou entendre chanter des pseaumes,
&c. N'est-ce pas se moquer de Dieu & des hommes, que de faire & recevoir de tels vœux ?
Les premiers moines faisoient réellement des
vœux de pauvreté; ils ne devoient leur nourri-
ture qu'au travail de leurs mains; & l'on doit
dire à leur gloire qu'ils ont beaucoup contribué
à améliorer la France & à l'enrichir par leur dé-
frichement. Mais nos moines d'aujourd'hui ne
doivent pas être oisifs, parce que leurs devan-
ciers ont été laborieux, & jouir impudemment
des sueurs des athletes du Seigneur. Ils n'ont aucun
droit sur les biens-fonds des premiers moines ; ils
ne peuvent être les héritiers de ces hommes, qui
avoient renoncé par état à n'en point avoir.
L'Etat seul & la société peuvent réclamer les
fonds comme siens ; & concéder aux moines ac-
tuels de nouveaux terreins à défricher, dont leur
génération seule jouira.

(15) *La mere de tous les* , &c. Un homme chargé de faire l'épitaphe d'une princesse fameuse par ses crimes & ses horreurs, le fit en trois mots : *hic jacet otiositas.* Je le dis à regret, mais je le dis, parce que c'est une vérité ; on pourroit dire des couvens, *hic vivit otiositas.* Si l'on croit que j'exagere, qu'on jette les yeux sur les trois derniers régicides, & l'on conviendra avec moi que les couvens ont toujours nourri les plus grands scélérats, & des fanatiques abominables. Cette derniere espece de monstres est d'autant plus dangereuse, qu'ils s'imaginent servir Dieu en faisant le mal : persuadés qu'ils volent au martyre, rien ne les épouvante, ni la crainte de la mort, ni l'appareil des plus cruelles tortures.

(16) *Il faut en avoir* , &c. Un prêtre, mais sur-tout un moine ne tient point du tout à la société, ou n'y tient que par un fil, & ce fil, c'est son individu. Ils renoncent en face du ciel & de la terre, aux droits d'être peres , &c. , & l'on veut qu'un pareil être forme un citoyen, un bon mari , &c. Mais pour ce , il faut connoître par pratique les vertus nécessaires à l'homme fait pour vivre dans la société ; c'est donc une absurdité de charger de ce soin un homme qui, par esprit d'état & par ses vœux, a renoncé à

la société. Delà le vice radical de l'éducation; delà la foule de mauvais sujets qui sortent des maisons des moines & de nos colleges, presque tous gouvernés par des prêtres.

(17) *A périr au feu des*, &c. Nous nous récrions sur la coutume barbare des Indiens, qui forcent leurs femmes à se brûler dans le bûcher qui doit les consumer en cendre. Sommes-nous plus sages de faire mourir à petit feu des milliers de filles que la nature avoit destinées à être meres de famille. Ce qu'ils font en gros, nous le faisons en détail, & si l'on pouvoit excuser l'un des deux partis, je pencherois du côté des Indiens. Nos vierges sont réellement les vierges folles de l'évangile, & nous les forçons à être telles, puisqu'il est vrai que nous leur refusons l'huile nécessaire pour entretenir leurs lampes. Si l'on calculoit le coup funeste qu'une telle épidémie cause à la population, on verroit que le séquestrement de nos vierges & le libertinage des célibataires par état, font perdre à la société au moins un dixieme de ses individus.

(18) L'homme occupé ne pense point au mal. *Qui laborat, orat.*

www.ingramcontent.com/pod-product-compliance
Lightning Source LLC
Chambersburg PA
CBHW070913200626
46818CB00006BA/2507